Lundi,
jour de peur

Vous pouvez visiter notre site
tous les jours de la semaine,
y compris le lundi !
www.soulieresediteur.com

De la même auteure

Chez Soulières éditeur :

Le champion du lundi, 1998

Le démon du mardi, 2000, Prix Boomerang 2001,
    3e position au Palmarès de Communication-
    Jeunesse 2001

Le monstre du mercredi, 2001,
    2e position au Palmarès de Communication-
    Jeunesse 2002

Lia et le secret des choses, 2002

J'ai vendu ma sœur, 2002, Prix du Gouverneur
    général du Canada 2003

Les petites folies du jeudi, 2003,
    Prix Communication-Jeunesse 2004,
    Grand Prix du livre de la Montérégie 2004

Le macaroni du vendredi, 2004, Grand Prix du
    livre du public de la Montérégie 2005

L'esprit du vent, coll. Graffiti 2005, Grand Prix du
    jury de la Montérégie 2005

Maîtresse en détresse, 2005

Le mauvais coup du samedi, 2005, Grand prix du
    public de la Montérégie 2006

Pas de chance, c'est dimanche !, Grand Prix du
    livre de la Montérégie − Prix du public 2008

Au cœur de l'ennemi, 2008, Finaliste au Prix des
    univers parallèles 2010

Chez d'autres éditeurs :

La tête dans les nuages, éd. Héritage, 1997

La queue de l'espionne, éd. Héritage, 1999

L'école de fous, éd. Héritage, 1999

Le cercle maléfique, éd. Héritage, 1999

Sapristi, mon ouistiti, éd. Michel Quintin, 2000

Fou furieux !, éd. Héritage, 2000

Le pouvoir d'Émeraude, éd. Pierre Tisseyre, 2001

L'animal secret, éd. Michel Quintin, 2001

La sorcière vétérinaire, éd. Michel Quintin, 2002

Sapristi chéri !, éd. Michel Quintin, 2003

La plus méchante maman, éditions Imagine, 2005

Lundi,
jour de peur

un roman écrit par Danielle Simard

illustré par Caroline Merola

SOULIÈRES | ÉDITEUR

case postale 36563 — 598, rue Victoria
Saint-Lambert (Québec) J4P 3S8

Soulières éditeur remercie le Conseil des Arts du Canada et la SODEC de l'aide accordée à son programme de publication et reconnaît l'aide financière du gouvernement du Canada par l'entremise du Programme d'Aide au Développement de l'Industrie de l'Édition (PADIÉ) pour ses activités d'édition. Soulières éditeur bénéficie également du Programme de crédit d'impôt pour l'édition de livres – Gestion Sodec – du gouvernement du Québec.

Dépôt légal : 2010
Bibliothèque nationale du Canada
Bibliothèque nationale du Québec

Données de catalogage avant publication (Canada)

Simard, Danielle

Lundi, jour de peur.

(Collection Ma petite vache a mal aux pattes ; 95)
Pour enfants de 6 ans et plus.

ISBN 978-2-89607-108-1

I. Merola, Caroline. II. Titre. III. Collection : Collection Ma petite vache a mal aux pattes ; 95.
PS8587.I287L86 2010   jC843'.54   C2009-942396-0
PS9587.I287L86 2010

Conception graphique de la couverture :
Annie Pencrec'h

Illustrations intérieures et logo de la collection :
Caroline Merola

À Caroline,
merveilleuse mère adoptive
de Julien, Steve, Odile et les autres…

Chapitre 1

Quoi de neuf ?

Une nouvelle année scolaire a commencé il y a deux semaines. Pourtant, j'ai l'impression de continuer celle d'avant. Normal, j'ai le même professeur !

En ce beau lundi matin, madame Odile se promène à l'avant de la classe. Elle se frotte les mains et sourit de toutes ses dents de crocodile. Cela suffit pour que ses nouveaux élèves claquent de toutes leurs petites dents d'enfant.

Soudain, notre crocoprof s'immobilise et nous regarde un à un, férocement. Ses élèves de l'an passé savent ce qui se prépare. Il n'y a pas de quoi frissonner, mais il n'y a pas de quoi se réjouir non plus. Odile va nous lancer un de ses terribles défis !

— Vous êtes habitués à l'école, après ces deux semaines ? demande-t-elle.

Vingt-quatre bouches échappent un oui hésitant.

— Là, on peut s'y mettre sérieusement ?

Le deuxième oui se fait encore plus timide. Peu importe, madame Odile écarte les bras et étire son sourire.

— Bien ! Je proclame ce lundi premier véritable lundi de l'année ! Et pour fêter ça, je vous donne votre premier devoir.

Cette fois, un triste soupir monte au plafond.

— Pas un devoir de bébé ! Non, un travail de recherche ! Bienvenue chez les grands, les enfants !

Du coup, le silence est tel qu'on entend une mouche voler… dans le corridor, derrière la porte fermée.

Odile met fin à ces bzz, bzz en présentant son fameux projet. Nous avons une semaine pour trouver plein d'informations sur les baleines du Saint-Laurent : leur nourriture, leur trajet, leurs différentes espèces… Nous devrons fouiller sur Internet ou à la bibliothèque…

— Lundi prochain, vous me remettrez les résultats de votre recherche par écrit, dans votre cahier de devoirs, une page environ, dans VOS mots. Je ne veux aucune copie de lectures. Et, croyez-moi, j'ai l'oeil !

Notre enseignante fixe justement son oeil de carnivore sur nos têtes d'oisillons sans défense. Dès que nous commençons à trembler, elle reprend :

— L'auteur du travail le plus complet et le plus personnel sera

mon premier champion du lundi de l'année.

Odile explique aux nouveaux comment elle décerne sa médaille chaque lundi. Puis, elle les met au défi de détrôner ses grands champions de l'an passé : Anne-Marie Labrie et Julien Potvin, moi !

— Commencez à travailler dès ce soir ! À la dernière minute, ça ne donne rien de bon. D'ailleurs, je ne tolérerai aucun retard. Lundi, c'est le jour J ! Un jour J, c'est celui-là et pas un autre !

Hé ! Hé ! J'aime ça, moi, un jour J. J pour Julien ! Qu'ils essaient de me battre ! Odile ne l'a pas dit, mais j'ai eu l'étoile du champion bien plus souvent qu'Anne-Marie. JE suis le meilleur et JE vais le rester. D'ailleurs,

maman va y voir. Elle adore ce genre de truc. J'imagine déjà la tête qu'elle fera en découvrant ce beau projet dans mon agenda.

Boubacar lève la main. Il demande si on peut se mettre en équipe. Odile réfléchit quelques secondes avant de décider :

— Par deux, si vous le désirez, à condition que ce soit un élève fort qui aide un plus faible. Si c'est une équipe qui gagne, nous aurons deux champions.

Mon ami Michaël ne pourra pas demander qu'on se mette ensemble. Nous sommes forts tous les deux. Tant mieux ! Je préfère travailler seul. Je veux être l'unique gagnant.

Il y en a tout de même un qui se fait des idées... Dès que sonne la récré, Steve Malette s'approche.

— On se met ensemble, tit-Jul ?

— T'es malade ? Pour que je me tape tout le travail à ta place ?

J'y ai déjà goûté l'an passé. Ça
me suffit !

Le gros monstre colle son nez
sur le mien.

— Tu te penses bien fin, Julien
Potvin.

Je ne recule pas. Au contraire, je me hausse sur les orteils, les épaules rejetées en arrière.

— Ce n'est pas pour rien que je me pense fin.

Il tapote mon front avec son doigt d'orang-outan.

— Personne n'est parfait, tit-Jul. Un jour, ça va t'éclater en pleine figure : t'es pas mieux que les autres !

Ouf ! Il me tourne le dos et sort de la classe. Sans réfléchir, je m'écrie :

— Pas mieux que toi ? Elle est bonne, celle-là !

Wow ! Jamais je ne m'en serais pris à Steve l'année dernière. Cet été, j'ai vraiment grandi ! Le Monstre ne me fait plus peur. Qu'il touche à un seul de mes cheveux et il aura affaire aux dents d'Odile !

Chapitre 2

Surprise !

Cette année, il a fallu que Lucie Ferland soit dans ma classe. Depuis le premier jour, elle colle Anne-Marie Labrie. On dirait les deux tranches d'un sandwich au poison. Le problème, c'est que, Michaël et moi, on les a dans le dos tous les après-midis, sur le chemin du retour. Deux gars suivis par un sandwich au poison géant !

Aucune ruse n'en vient à bout.

Le sandwich doit être ensorcelé, il finit toujours par apparaître derrière nous. Si au moins il était muet !

Voilà justement Anne-Marie-la-pie qui commence :

— Vas-tu aider quelqu'un pour le travail de recherche, Julien ?

Lucifer répond à ma place :

— Voyons, Anne-Marie, tu sais bien que Julien n'aide que Julien.

Sans cesser de marcher, je tourne la tête, imité par Michaël. Je vais leur rétorquer… En fait, je ne sais pas du tout quoi leur dire. J'ai la bouche ouverte comme un poisson. De plus en plus rouge ! Lucifer, le poisson-scie, s'apprête à me découper en sushi quand… Plouf ! Mon dos plonge dans un gros oreiller mou.

Je me retourne. J'ai plutôt foncé dans un gros ventre mou.

Je recule de deux pas. Il appartient à l'ado le plus laid que j'aie jamais vu. Derrière lui, se tiennent le deuxième et le troisième ados les plus laids que j'aie jamais vus. Plus ils sourient et plus ils ont des têtes de chiens cruels !

Le bouledogue pose son énorme patte sur mon épaule délicate.

— Regarde où tu vas, le pou ! Si les filles t'intéressent autant,

MIAOU ?

marche derrière elles ou à côté.
Pas devant !

Le pitbull pousse Anne-Marie
contre Michaël en grognant :

— On va vous arranger ça !

Le doberman prend Lucifer
par le cou et la tasse sur moi.

— Oh, les beaux petits cou-
ples !

Il n'y a pas plus dangereux
qu'un chihuahua enragé. Lucie
mord la main du gros chien, puis
s'empare de celle d'Anne-Marie
qu'elle entraîne dans sa course.
Les trois ados sont si saisis que
Michaël et moi parvenons aussi
à détaler. Sans nous tenir la
main, quand même ! Lucifer se
retourne et crie :

— Gros pleins de soupe !

Le bouledogue jappe :

— À la prochaine, les amoureux !

Par miracle, ils ne nous courent pas après. Arrivé au coin de ma rue, à bout de souffle, je m'en prends à Lucifer :

— À quoi as-tu pensé ? La prochaine fois, ils vont nous massacrer !

— Ben voyons, Julien ! Ils n'oseront pas s'attaquer à des petites filles.

— VOUS êtes des filles, mais pas nous ! s'écrie Michaël, plié en deux par un point aux côtés.

— Ah, non ? fait Anne-Marie.

Quelles inconscientes ! Je m'emporte :

— Riez tant que vous voulez ! Vous ne savez pas ce que c'est que d'être un garçon. Nous autres, ils ne nous manqueront pas !

Lucifer me bouscule.

— Pauvre bébé, arrête de trembler ! On vous défendra, Anne et moi. En attendant, va donc pleurer dans les jupes de ta maman !

Pfff ! Ma mère n'est même pas là, à cette heure-ci. Comme je reprends mon chemin, je grossis la voix pour lancer :

— À demain !

Pas terrible, c'est bien vrai que je tremble. Je garde cependant la tête haute. Peut-être qu'ils me regardent m'éloigner…

***

Mais… mais qu'est-ce que je vois là ? Maman EST à la maison. Là, devant moi, elle sort sa grosse valise sur le perron.

— Ah, Julien, enfin, j'attendais que tu arrives pour appeler un taxi.

— Tu vas où ?

— À Toronto. Imagine-toi donc qu'Antoine Bérubé a la grippe du siècle. J'ai appris ce midi que je le remplaçais au congrès. Je vais même présenter la compagnie à la conférence, dimanche. Ils vont voir, là-bas, qui aurait dû avoir le poste d'Antoine : MOI, la meilleure !

— Tu as dit dimanche ? Tu pars pour toute la semaine ?

Maman retombe sur terre. Sa bulle de gloire a éclaté. Elle me serre contre elle.

— Ça va passer vite, mon trésor. Avec ta grande soeur et papa, tu te débrouilleras très bien sans moi. D'ailleurs, Sylvain est rentré plus tôt à cause de mon départ.

Cette fois, elle crie :

— Chéri ! Appelle un taxi !

Toute rose de joie, elle rou-coule qu'elle ne doit surtout pas rater son avion. Roxane vient l'embrasser. Papa nous rejoint avec le sac de voyage. Il prend maman dans ses bras.

— Saisis ta chance, Nathalie, et ne t'inquiète pas. À la maison, tout va aller comme si tu y étais. Compte sur moi !

Le taxi arrive déjà. Il avale maman et ses bagages. Il l'em-porte loin de nous trois, entas-sés sur le perron, les bras bal-lants. Elle n'a même pas regardé mon agenda...

Les larmes me montent aux yeux. Papa soupire.

— Nat n'a pas pu nous préparer de petits plats pour la semaine. Dans une heure, je vous emmène à la Friterie. Allez commencer vos devoirs !

À la Friterie ? Ce ne sera pas du tout comme si maman était là. Nathalie Gagnon est l'ennemie numéro 1 des calories, du gras, du sel, du sucre… Nous, à la Friterie ! Soudain, j'ai les yeux secs.

La porte de ma chambre bien fermée, je me laisse tomber sur le lit. Quel lundi ! Internet et ses baleines peuvent attendre. Je dois d'abord me remettre de mes émotions.

Chapitre 3

Une semaine spéciale

À la Friterie, on pouvait commander tout ce qu'on voulait. Papa est un ogre et je ne le savais même pas !

D'ailleurs, ce père inconnu n'a pas fini de nous étonner. De retour à la maison, il a monté de la cave une vieille console Nintendo, avec plein de jeux de l'ancien temps incroyablement épatants ! Personne n'a vu la soirée passer.

La semaine non plus. Nous voilà déjà en plein dimanche après-midi ! Maman vient d'appeler et nous lui avons répété à quel point nous nous ennuyons d'elle. C'est vrai, mais pas tant que ça. Nous lui avons même un peu menti en prétendant que papa était le roi de la salade. En fait, nous ne mangeons plus que des choses défendues.

Est-ce que j'ai menti en affirmant que j'avais travaillé très fort sur mes devoirs ? Peut-être… Maman, elle, trouverait sûrement que je les ai négligés. Pour madame Parfaite, on n'en fait jamais assez ! N'empêche que j'ai imprimé plein de pages d'Internet sur les baleines. J'ai même surligné les informations que j'utiliserai. Il ne me reste plus qu'à mettre tout ça « dans mes mots ». Bon, je sais bien que ça devrait déjà être fait. Mais pour Julien Potvin, il n'y a pas de problème ! J'aurai bien assez de ce soir pour finir mon devoir. Je l'ai dit à maman : demain, elle va retrouver son champion du lundi !

En attendant, la semaine a été extraordinaire ! J'ai eu peur de retomber sur les affreux ados de lundi, mais on ne les a jamais revus. J'étais même content que Lucifer et Anne-Marie nous collent. C'est drôle, mon démon du mardi est devenu une sorte d'ange gardien !

À la maison, nous avons joué tous les soirs aux super vieux jeux de papa. Sauf hier, puisqu'il nous a amenés au cirque. Cette sortie familiale du samedi remplaçait celle que maman nous oblige à faire tous les dimanches. Alors, aujourd'hui, j'étais libre d'inviter Dounia à venir chez nous.

Maintenant, elle est à côté de moi, comme pour couronner cette semaine de rêve !

Nous ne nous étions pas revus depuis le camp de vacances et je la trouve plus belle qu'en souvenir.

Assis sur mon lit, nous regardons longuement chaque planche de sa collection d'araignées. Elle parle, parle, parle et ça crée une musique divine. Je ne m'imagine pas capable d'écouter une autre fille, ainsi, sans mourir d'ennui. À part Gabrielle… Quoique, ça reste à voir. Je n'ai jamais vécu l'expérience.

Dounia me raconte où elle a découvert sa plus belle prise, un monstre zébré aux huit pattes velues. Je me dis qu'on ne peut être plus heureux, quand papa entre dans la chambre et lance :

— Je nous prépare un déli-
cieux souper aux hot-dogs, chips
et orangeade ! Tu veux le partager avec nous, Dounia ?

Elle saute sur le téléphone.
Ses parents sont d'accord. Son
père va venir la chercher à
19 heures 30 !

***

Comment le temps peut-il
traîner si lourdement ses pieds
à l'école et courir aussi vite
aujourd'hui ? Pendant que nos
pères s'échangent des poli-
tesses, ma belle vient déposer
un petit baiser sur ma joue. Elle
collectionne peut-être les araignées, mais ses lèvres sont des
ailes de papillon ! Je ne la vois
même pas sortir, tellement je flot-
te, loin au ciel.

La vilaine voix de ma sœur Roxane m'atteint comme une rafale de mitraillette :

— Tu ne te vois pas ! T'as l'air d'une tomate qui va tomber dans les pommes !

Papa referme la porte et annonce :

— Pour supporter cette septième soirée sans notre Nathalie bien-aimée, j'ai loué le dernier *Superplouc* !

Dans sa joie, ma soeur m'écrase contre elle. Même si la tomate risque de tourner en ketchup, je me laisse faire. Nous adorons les films de l'agent secret Hector Superplouc ! Papa nous rejoint au salon avec un gros bol de maïs soufflé.

C'est à mourir de rire. Le pauvre Hector a dû s'enfoncer dans la jungle pour délivrer la princesse Aramantha. Mais il est kidnappé… par un énorme gorille follement amoureux de lui.

Le monstre bécote notre héros, il lui cherche des poux, refuse de le prêter aux autres singes qui se fâchent. En voulant lui arracher Superplouc, ils déchirent tous ses vêtements ! Nous allons VRAIMENT mourir de rire.

Le gorille prend la fuite avec son amour. Comme ses mains

s'accrochent de liane en liane,
il le tient avec ses pieds.

Aaaah ! Il l'échappe dans un précipice. Ouf ! Il y a une rivière au fond. Hector est emporté par le courant. Jeté à la mer, il parvient à s'accrocher à un dauphin… qui l'entraîne au large… Soudain, une énorme baleine surgit de l'eau…

Elle les avale et c'est comme si elle m'avalait !

Mon père et ma sœur rient tellement qu'ils roulent sur le tapis. Pas moi. Une voix inconnue résonne entre mes oreilles :

ES-TU PRÊT POUR LE JOUR J, JJJJJULIEN ?

La réponse me noue la gorge. Comment m'en sortir ?

Si je quitte le film maintenant ou si je demande à être réveillé plus tôt, demain matin, je devrai avouer que j'ai oublié de terminer mon devoir. Papa et Roxane seraient bien capables de tout bavasser à maman...

Une meilleure solution finit par m'apparaître. Je pourrais me relever ce soir, dès que papa sera couché. Pour ne pas m'endormir avant, je n'aurais qu'à garder les yeux ouverts. Ensuite, j'écrirais mon texte, ni vu ni connu. Ouais ! C'est ça !

Mais qu'est-ce qu'il attend, Superplouc, pour délivrer cette stupide princesse et finir cet interminable film ? Allez ! Grouille-toi, Hector ! On n'a pas que ça à faire !

Chapitre 4

Au lit !

Ça ne peut plus durer. Je mords mon oreiller. Je pédale sous mes couvertures. Je ne sais plus quoi inventer pour rester éveillé. Papa est toujours debout, même s'il y a plus d'un siècle que Superplouc a embrassé Aramantha ! Il joue à ses foutus vieux jeux Nintendo. Le son est coupé, mais je peux le voir de mon lit. Et lui pourrait me voir si j'allumais ma lumière.

Moi qui ai toujours insisté pour garder ma porte entrouverte, je n'allais pas éveiller les soupçons en changeant d'idée ce soir. Je devrais ME mordre.

Garder les paupières ouvertes me semble aussi pénible que de tirer un autobus bondé ! Malgré tout, la pensée des dents d'Odile parvient à repousser les terribles attaques du sommeil.

Pour combien de temps ?

ENFIN ! Je suis sauvé ! Papa éteint dans le salon. Il se dirige vers sa chambre. Plus que quelques minutes et je pourrai enfin allumer dans la mienne.

***

— Hein ! Hein ? Quoi ? Tu n'es pas couché, papa ? Il est quelle heure ?

— Sept heures, comme tous les matins de semaine.

Mon père m'ébouriffe les cheveux et va lever le store. Mon devoir ! Est-ce que je l'ai fait ? Je me jette sur mon sac, à côté du lit. Je sors mon cahier. Pas une ligne sur les baleines... Je me suis endormi avant papa !

Le plafond me tombe sur la tête.

Je calcule : il me reste tout juste le temps de déjeuner, de m'habiller et de me rendre à l'école où Odile va ramasser les cahiers. Dans le mien, celui de Julien Potvin, champion des champions du lundi, il n'y aura rien !

Anne-Marie-la-pie, Lucifer, le Monstre Malette et tous les autres vont rire de moi jusqu'à

44

la fin de l'année. Noooon ! Il n'est pas question de leur faire ce plaisir. Je n'arrive même pas à l'imaginer sans préférer que le plafond me tombe sur la tête pour de vrai et m'écrabouille.

— Papaaaaa ! Je me sens malaaaaaade !

Il revient dans ma chambre, l'air très contrarié.

— Tu n'es pas chaud, déclare-t-il en posant la main sur mon front. Où as-tu mal ?

Quelqu'un pourrait-il m'apprendre à mentir ? J'en aurais bien besoin. Je murmure bêtement que j'ai mal partout. Ce n'est pas convaincant, je le vois dans les yeux de papa.

— Écoute, Julien. J'ai un rendez-vous important à l'extérieur de la ville, avec un gros fournisseur des pâtes Luigi. Je dois m'y

rendre dès ton départ pour l'école. Pas question que tu restes
sans moi à la maison ! Alors, tu
vas prendre du Tempra, puis aller
en classe, et si ça ne va vraiment pas mieux, tu me feras
appeler sur mon cellulaire.

Papa va à ma table de travail
et écrit le numéro sur un bout de
papier.

Dans ma pauvre cervelle, une
souris affolée court à la recherche
d'une solution.

Si je dois aller à l'école, comment faire mon devoir avant d'y arriver ? Retenir le temps ? Scientifiquement impossible. Arriver en retard ? L'école appellerait mes parents et…

Mais oui ! Normalement, Papa et maman sont toujours à leur bureau. Ils en ont donné le numéro de téléphone à l'école. Pas celui d'un cellulaire ! Si j'arrive en retard aujourd'hui, mes parents ne seront pas là pour recevoir le message d'absence. Ils ne s'inquièteront pas, n'appelleront pas la police, l'hôpital, les journaux !

Il me reste juste à trouver une bonne raison pour arriver en retard et ça, j'ai encore le temps.

En attendant, mieux vaut continuer à jouer le malade. L'excuse pourrait être que j'ai

perdu conscience en chemin…
Je titube vers le salon, où papa
range sa console et ses jeux
dans leurs boîtes. Et mon médi-
cament ?

— Oui, oui, dès que j'aurai rap-
porté tout ça au fond de la cave !

Il a peur de maman ! Je devrais peut-être l'obliger à me laisser finir mon devoir à la maison,
sinon je le dénonce pour le
Nintendo…

Pas certain que ça fonction-
ne… Trop dangereux !

* * *

Papa sort avec moi. Il ferme
la maison à clé. Si seulement je
l'avais, cette clé, pour y revenir.
Roxane est déjà partie avec la
sienne. On va me traiter en bébé
jusqu'à quel âge, ici ?

En se dirigeant vers sa voiture, papa se retourne vers moi.

— J'y pense, Julien, je vais te laisser à l'école.

— NON ! Heu… non… Je préfère marcher avec Michaël. Nous tenons à nos habitudes…

— Dans ce cas, à ce soir, mon loup !

J'avance très, très lentement pour bien laisser à l'auto de papa le temps de disparaître. Moi aussi, je dois disparaître, avant que quelqu'un de ma classe me voie. Et je dois le faire sur ma rue. Presque personne n'y passe. En plus, Michaël m'attend peut-être déjà au coin du boulevard…

Où est-ce que je vais l'écrire, ce foutu devoir ?

Et si je me faisais un peu écraser par une voiture ? Plus personne ne penserait à mes baleines...

Comment se fait-on écraser juste un peu ?

Je cherche toujours à répondre à cette question quand je vois… Il est parfait, cet escalier pour un sous-sol inhabité ! J'aurais dû y penser. Avec son petit recoin, en bas, caché par un mur, je ne pouvais pas rêver mieux.

Un coup d'oeil autour : j'y vais avant que quelqu'un arrive !

Chapitre 5

Qui va là ?

J'ai mis du temps à me calmer. Difficile de se concentrer, assis parmi les saletés amassées au pied de l'escalier. Ce matin est frisquet. Surtout, je sais trop bien que je ne devrais pas être là. C'est comme si un deuxième Julien s'était rendu à l'école à ma place et que je me trouvais égaré dans un autre monde.

Mais, bon, c'est juste une impression. Je serai bientôt en

classe. Assis au fond de mon recoin, je lis les phrases surlignées sur ma documentation d'Internet. Je vais toutes les entrer dans ma caboche géniale. Puis je les laisserai ressortir dans mes mots.

Voilà ! J'ai lu la dernière phrase. J'ouvre mon cahier par terre.

Je m'agenouille devant et j'écris le titre en haut de la page : *Les baleines du Saint-…*

Je m'applique. Il faut que ce soit aussi beau que si c'était rédigé sur une table ou que j'avais fait un brouillon. Zut ! Juste comme je vais écrire *Laurent*, le vent vient souffler et éparpiller mes feuilles de documentation. Je cherche à les rattraper. Mon crayon roule. À quatre pattes, je sors de ma cachette pour le rattraper quand j'entends :

— Aïe ! Qu'est-ce que tu fabriques dans ce trou, le pou ? Tu te prends pour un rat ?

Je lève les yeux. Les trois affreux ados de lundi dernier descendent l'escalier.

Vite ! Je ramasse mes trucs éparpillés. Je voudrais bêtement les ranger, mais tout m'est arra-

ché avant. Le bouledogue ouvre
mon cahier, puis éclate d'un jap-
pement fou, sans doute son rire.
Mes poils se dressent, partout où
j'en ai.

— Quelle honte ! s'écrie-t-il en
fourrant mes choses dans mon
sac. Y a juste ton titre pis y est
même pas tout écrit. T'as pas
fait ton devoir, le pou ?

— On le punit ! lance le doberman.

Toujours à quatre pattes, je le
vois se pencher vers moi. Il sort
un briquet. Il en promène la flam-

me à un centimètre de ma figure en annonçant qu'il va me brûler les cils ! Telle une grenouille olympique, je bondis dans les marches en poussant un « CÔA ! » strident. Aussitôt, une main m'accroche par le collet tandis qu'une autre se plaque sur ma bouche. Me voilà comme Superplouc dans les bras du gorille… En fait, me voilà coincé dans mon recoin par TROIS chiens format gorille.

Ils vont m'étouffer si ça continue. Les larmes me montent aux yeux. Au moins, le type au briquet l'a remis dans sa poche.

— On l'emmène dans notre repère, les gars ? propose celui qui me tient, le plus costaud, sans doute le chef.

Les petits yeux jaunes du doberman reluisent quand il précise :

— On va tester son endurance.

Mon endurance à quoi ? Le sang sprinte dans mes veines. Inspiré par Lucifer elle-même, je réussis à dégager ma bouche. Je mords la main du gros plein de soupe qui me laisse tomber. Plongeant entre les jambes des deux autres, je me retrouve dans l'escalier que je grimpe quatre à quatre ! Trois à trois aurait été préférable. Je manque une marche et je les dégringole les unes après les autres jusqu'aux pieds des monstres.

Ils vont se jeter sur moi. Me dévorer tout cru ! Je l'espère presque. Ce serait mieux que les expériences. Oui, je réussis à penser à une chose aussi débile. Ils ouvrent grand la gueule et… ils éclatent de rire !

— Ouche ! Ça doit faire mal, grimace le chef. Allez, les gars, on se pousse ! Il est assez puni ! Pas vrai, le pou ?

Les trois chiens méchants déguerpissent avec mon sac. Sur le coup, je ne l'ai pas senti, mais oui, j'ai mal. Assis en bas de l'escalier, je pleure comme un bébé en regardant mes vêtements neufs déchirés, mes genoux, mes coudes et mes mains éraflés, la poussière et le sang mêlés, partout sur moi… Mes bobos me brûlent, mais le pire, c'est la peur qui ne veut pas partir et qui me serre la gorge et le ventre.

Je ne sais pas combien de temps je reste comme ça avant

de me relever. On dirait que je n'ai rien de cassé. J'arrive à remonter l'escalier, plus lentement cette fois. Je n'aurais pas dû venir ici. Maintenant, je ne peux même plus finir mon devoir et je suis en retard pour rien… Qu'est-ce que je vais inventer comme excuse ?

Pouf ! À cette question, un éclair illumine mon cerveau. On dirait un coup de baguette magique !

La joie bouscule la douleur. Je comprends soudain que J'AI une excuse en OR. ET pour mon devoir ET pour mon retard !

Un gang de rue m'a attaqué. On m'a gardé prisonnier. On m'a volé mon sac. Et ce n'est même pas un mensonge !

Je marche de plus en plus vite, malgré mes genoux en sang. Arrivé sur le boulevard, je refuse l'aide de deux adultes qui se précipitent à mon secours. Surtout, je m'efforce de ne pas sourire !

Chapitre 6

Super J !

La secrétaire et la directrice poussent des cris affolés en me voyant arriver à l'école. Elles m'étendent sur le lit, près de leur bureau. Je ne bronche même pas quand elles désinfectent mes blessures.

C'est du sérieux. Un policier vient m'interroger. Moi, je ne veux surtout pas qu'on retrouve les ados, mon sac et… mon cahier sans devoir. Alors, mes attaquants deviennent cinq, presque adultes. Je ne les ai jamais vus. Je leur invente d'autres vête-ments. Je raconte qu'ils m'ont volé mon sac, avant de me pous-ser dans un escalier, où j'ai sans doute perdu conscience. Je ne mens pas sur toute la ligne : j'avoue qu'ils sont laids.

Je m'exclame qu'il n'est pas question d'alerter mes parents partis en mission ou de manquer un jour d'école pour si peu ! On admire mon courage.

Je retrouve les autres à la récré, après la première période et le cours d'éduc. On se bouscule pour entendre comment j'ai mis en déroute cinq dangereux bandits. Michaël me raconte ensuite qu'Odile a vérifié leurs devoirs tandis qu'ils faisaient des exercices de mathématiques. Elle devait continuer pendant le cours d'éduc et la récré. Le champion sera connu au retour. J'ai un pincement au coeur. Avec mon excuse, je ne serai pas puni ; mais sans devoir, je ne serai pas champion.

***

Odile n'est pas contente. Ça se voit dès qu'on entre en classe. La plupart des élèves ont une mine apeurée. Malgré tout, elle

arrive à me faire un petit sourire triste.

— La directrice m'a expliqué.
Tu es sûr que ça va ?

— Oui, oui, madame Odile. Le
pire, c'est qu'ils m'ont pris mon
devoir.

— Ce n'est pas grave, Julien.
Je suis certaine qu'il était exem-
plaire.

Une fois que tout le monde
est assis, elle prend la parole
avec son air le plus grave. Elle
s'était fait des illusions sur notre
compte. Nous sommes encore
trop bébés pour accomplir un
travail de longue haleine. Les
mêmes phrases sont apparues,
mot pour mot, dans huit travaux.
Emilio s'est contenté d'écrire cinq
lignes, Madeline trois ! Quatre
élèves n'ont même pas remis de
travail en ce jour J !

— Et les excuses, on n'en parle même pas ! s'exclame notre crocoprof. Vous manquez d'imagination, les amis. Vous devriez lire davantage de romans. Pour le champion, il ne me reste que deux choix : l'équipe d'Anne-Marie et Lucie ou, tenez-vous bien… Steve Malette !

Toutes les têtes se tournent vers le Monstre. Il est rose comme un petit cochon.

Il essaie d'empêcher ses lèvres de sourire, mais n'y arrive pas vraiment. C'est fou, on dirait qu'elles font la vague.

— Bel effort, Steve ! Ton travail est beaucoup plus court que celui de tes compagnes, mais tu l'as fait seul et dans tes propres mots. Ça, on ne peut pas en douter ! Si je te remettais la médaille, tu servirais d'exemple à ceux qui ne se sont même pas donné la peine de terminer leur devoir à temps. Je suis fière de toi, Steve… Alors voilà, les amis… Pour mon champion, j'hésite à choisir entre celui qui m'a étonnée et celles qui ne m'ont pas déçue…

Odile hésite vraiment. Ses yeux balaient la classe à la recherche d'une autre solution, puis s'arrêtent sur moi. Elle ajoute, pensive :

— J'aurais sans doute un troisième choix, si on n'avait pas volé le sac de votre camarade…

Il me vient aussitôt une idée de génie. Mon cerveau ne peut s'empêcher d'en pondre. C'est plus fort que lui. Je lève la main.

— Oui, mon beau Julien ?

— Je peux vous réciter mon devoir, si vous le voulez. J'ai écrit tellement de brouillons que je le sais par cœur.

— Tu serais capable, après ce qui t'est arrivé ?

Je me lève comme le héros que je suis devenu. Je me plante devant la classe et je débite tout ce que j'ai appris sur les baleines. Facile ! J'ai fait ma révision ce matin même et j'ai une mémoire exceptionnelle.

Dès que j'ai terminé, Odile applaudit à tout rompre, bientôt imitée par les élèves. Elle s'approche ensuite de moi, la main sur le coeur.

— Nous donner un si bel exposé, dans ton état ! Voilà qui est digne d'un champion. N'est-ce pas, les amis ?

C'est comme si elle leur demandait : « Sur qui préférez-vous voir la médaille ? Sur le sandwich au poison géant ? Sur le Monstre Malette ? Ou sur ce vaillant garçon qui s'est battu contre les méchants ? » Les élèves scandent : « Julien ! Julien ! Julien ! »

Odile vient épingler l'étoile sur ma poitrine. Puis, elle se penche davantage. Va-t-elle m'embrasser ? Non, elle me glisse à l'oreille :

— Cette fois, ne la perds surtout pas !

Je retourne à ma place, sous de nouveaux applaudissements et trois regards assassins : celui d'Anne-Marie, de Lucie, mais surtout de Steve !

Soudain, j'ai un peu honte. Il me semble que la médaille devient trop lourde pour moi.

Chapitre 7

Mon étoile pâlit

Pas de soccer avec les autres dîneurs, ce midi. J'ai trop mal aux genoux. Assis contre la clôture, je suis plongé dans un roman quand j'aperçois deux gros pieds qui se plantent devant moi. Je lève les yeux. Steve me demande en souriant bizarrement.

— Cinq bandits, hein ?

Où veut-il en venir ? Qu'est-ce qu'il cache derrière son dos ?

— C'est drôle, reprend-il, je suis allé manger à la maison et j'ai vu un beau sac d'école sur le lit de mon grand frère.

Sa main vient tendre un cahier ouvert sous mon nez. Je peux lire tout en haut de la page vide : *Les baleines du Saint-*. Mon coeur fond comme du beurre dans une poêle brûlante. Ça crée un trou à la place, mais un autre machin se met aussitôt à faire boum, boum entre mes deux oreilles.

À l'aide du cahier, Steve me donne de petites tapes sous le menton. Je comprends que je dois me lever. Nous voilà face à face. Non, pas exactement, puisqu'il me dépasse toujours de son énorme tête. C'est vrai qu'il ressemble au bouledogue. De son gros doigt, il presse la médaille

du champion contre ma poitrine.
Tellement que ses pointes me
piquent la peau.

— Recevoir l'étoile pour un
devoir pas fait, trouves-tu ça
juste ?

Ma panique revient, plus forte qu'avec les ados. Cette fois, je vis la pire des tortures. Le sourire de Steve me déchire comme la lame d'une épée.

— J'ai laissé ton sac à la maison. Je ne pense pas que tu désires vraiment qu'on te le rapporte. Et ce beau cahier-là non plus. Est-ce que je me trompe ?

Mes jambes se liquéfient. Que va-t-il faire avec mon cahier ? J'ai l'impression qu'il tient une

bombe. J'ai une peur bleue qu'elle explose !

— C'est fou l'envie que j'ai de le remettre à Odile. Imagine ! Son petit chouchou qui n'a pas fait son devoir ! Qui a menti ! Mais je me retiens. Parce que si je te dénonce, je dénonce mon frère, pas vrai ? Puis sais-tu quoi, Potvin ? Je m'aperçois que je préfère le garder, ce cahier-là. Ça fait durer le plaisir… J'aime ça, partager un secret avec toi. Ça me donne comme de l'importance !

Sur ces mots, Steve glisse le cahier dans son blouson. Un stupide merci s'échappe de mes lèvres et il appuie de nouveau son doigt sur ma médaille. J'ai l'impression d'être coincé sous un pilier de pont. Il approche sa bouche de ma figure et crache :

— Tu te souviens de ce que je t'ai dit lundi dernier, tit-Jul ? Un jour, tu verrais que tu n'es pas meilleur que les autres... Ben, c'est aujourd'hui. Pis je suis content de voir ça d'aussi près.

Il retire le pilier de ma poitrine, me tourne le dos et s'éloigne. Une chance qu'il n'y a personne autour de nous parce que je n'arrive pas à retenir mes larmes. Je glisse contre la clôture. J'enfouis mon visage dans mon livre. J'ai tellement honte !

Michaël arrive quelques minutes plus tard.

— Qu'est-ce que tu as, Julien ?

— Oh... Je repense à ce matin.

— C'est une dure journée...

Encore plus qu'il ne le croit. Le bouledogue se trompait quand il disait que j'avais été assez puni. C'est maintenant que je le suis.

***

La mine basse, je n'écoute pas les résolutions de problèmes d'Odile. Je me répète que si j'avais du courage, je me lèverais pour faire des aveux.

Ce serait peut-être moins pire que de supporter le poids de mon étoile volée toute la semaine. Le poids de mon secret pour le reste de l'année, aussi…

Ce serait surtout la seule façon de retirer à Steve l'arme qu'est devenu mon cahier. On ne sait jamais. Si son frère allait en prison, par exemple, qu'est-ce qui empêcherait Steve de me dénoncer ? Pire ! De me menacer de le faire. Je l'entends d'ici : « Fais ci ou ça, tit-Jul, ou je montre à Odile le cahier que j'ai retrouvé, avec ton premier devoir pas fait. »

Si je dis tout de suite la véri-té, le plus déçu ce sera lui. Oui, il faut absolument que je lui joue ce tour.

En pensée, c'est tellement évi-dent… Mais en réalité, j'ai beau ordonner à mes jambes ou à mon bras de se lever, ils refu-sent de m'obéir… Ils sont morts de peur. Pas la peur de ce que pourrait faire Steve dans trois mois. Non, celle de ce qui arri-verait là, tout de suite ! Plus les heures passent et plus il devient clair que je n'aurai pas le cou-rage de poser le bon geste.

Odile referme son livre de mathématiques. Elle nous dit de faire nos sacs puis de lire pen-dant les vingt dernières minutes de classe. Bien sûr, je n'ai plus de sac. Je regarde autour de moi et je vois le Monstre Malette glisser mon cahier dans le sien. Il me regarde aussi, avec son sourire en lame d'épée.

Quand la cloche sonnera, il aura gagné.

Chapitre 8

Le vrai héros

Il ne me reste que douze minutes. Ma tête est occupée à tout autre chose qu'à lire. Elle cherche à convaincre mon corps de se lever. Elle lui rappelle qu'il y a un an, exactement, je ne me sentais pas le courage d'aller avouer à Odile que j'avais perdu la médaille du champion du lundi.

Maman m'avait dit que la peur était un mur difficile à franchir.

Mais qu'il fallait parfois le grimper et découvrir ce qui se cachait derrière. Je l'ai fait, l'an dernier ! Bien sûr, maintenant il me semble que c'était une peur de bébé. Celle d'aujourd'hui est mille fois pire. Sauf que j'ai grandi. Je devrais être plus brave.

Allez, mes jambes, vous êtes capables !

Ça y est ! Je suis debout. J'avance vers le bureau d'Odile qui porte son regard sur moi. Les joues en feu, je murmure que maman était partie en voyage, qu'elle n'était pas là pour me surveiller, que j'ai fait ma recherche, oui, mais que je n'ai pas écrit mon devoir. Les bandits m'ont volé un cahier vide.

Je retire mon étoile et je la tends à mon professeur. Elle la prend, l'air tellement déçu que ça me fait mal. Elle murmure à son tour :

— C'est bien, Julien, de rétablir la vérité. Ce n'est pas facile, je m'en doute. Mais tu comprendras qu'il faut maintenant que tu le dises aux autres. Ce sont eux qui t'avaient choisi.

Qu'est-ce que j'ai fait ? La tête me tourne. Il me reste un seul espoir : que ça ne soit qu'un cauchemar et que je me réveille ! Je me tourne vers la classe et c'est comme si je plongeais du plus haut tremplin :

— Je viens de remettre la médaille à Odile. Je fais partie de ceux qui n'ont pas fini leur devoir : ce matin, on m'a volé un cahier où il n'y avait pas une ligne sur les baleines. Je ne peux pas continuer à jouer au champion quand Anne-Marie et Lucie ont remis un long travail ou que Steve a fait le sien tout seul, parce que je n'ai même pas voulu l'aider.

Ce ne sont pas seulement les lèvres du Monstre qui font la vague, mais tout son visage qui hésite entre la joie et la colère. Sans lever la main, il grogne :

— Tu rends la médaille parce que tu es trop honnête ? C'est ça ? T'es tellement parfait, hein, Julien Potvin !

Je garde les yeux dans les siens quelques secondes avant d'en finir avec lui :

— Non, ce n'est pas seulement ça. J'ai peur qu'un jour on retrouve mon cahier ou que quelqu'un me dénonce. J'aime mieux le faire moi-même. C'est la meilleure façon d'avoir le dessus, même si ça prouve que je ne suis pas parfait.

Je retourne à ma place dans un drôle de silence gêné. Je pensais me sentir écrasé, mais je me sens léger.

Mal à l'aise, Odile prend la parole :

— Heureusement, j'ai plusieurs étoiles. Mon premier champion du lundi sera exceptionnellement au nombre de trois : Anne-Marie, Lucie et Steve ! À l'avenir, je choisirai un seul élève comme champion : celui qui se sera le mieux comporté toute la semaine. Je commence dès maintenant à vous observer en prévision de lundi prochain. Pour ce qui est de notre premier devoir, on va dire que c'était un coup d'essai. Il n'y aura pas de message aux parents à ce sujet dans votre agenda. Mais que cette expérience vous serve de leçon !

Anne-Marie, Lucifer et le Monstre vont chercher leur médaille. Soudain, je ne peux m'empêcher de sourire. J'imagine mal Steve en train de menacer les autres, une belle étoile dorée piquée sur la poitrine ! Quand

les trois premiers champions du lundi de l'année regagnent leur place, j'applaudis à tout rompre. Au même moment, la cloche sonne.

* * *

Sur le chemin du retour, Anne-Marie-la-pie ne peut plus se retenir.

— Comme ça, Monsieur le chouchou n'a même pas terminé son devoir !

— Puis il a porté NOTRE médaille presque toute une journée ! s'écrie Lucifer.

— Dans le fond, je l'ai fait, mon devoir. Tout le monde l'a entendu.

— Vous ne trouvez pas qu'il a assez souffert aujourd'hui ? s'emporte Michaël.

— Hon, pauvre petit Juju…
Eh ! Regardez, là-bas !

Anne-Marie pointe le doigt vers la gauche. Un peu plus loin, dans la rue que nous traversons, mes trois terreurs rigolent. Le bouledogue nous fait gentiment signe de la main ! Ma gorge se serre tandis que Lucifer s'exclame :

— Vous voyez ! J'ai bien fait de les insulter. Maintenant, ils nous respectent !

J'aime autant ne pas répondre à ça.

***

J'aperçois un taxi qui quitte la maison. Maman est de retour ! Je me lance en courant. J'ouvre la porte en coup de vent.

On dirait qu'elle voit un fantôme.

— Julien ! Qu'est-ce qui t'est arrivé ?

Je lui raconte la même histoire qu'à la directrice de l'école. Elle me fait un gros, gros câlin et, soudain, je comprends à quel point elle m'a manqué !

Dès qu'elle me sent consolé, elle se met cependant à tout

gâcher. Elle jure de me recon-
duire tous les matins jusqu'à mon
pupitre. Elle va créer une ligue de
protection des enfants. Elle veut
faire interdire la rue aux ados,
sauf à ceux qui se rendent à
l'école. Elle décide de rappeler
la police !

Je réussis à la calmer en lui demandant comment s'est passée sa conférence. Ses joues rougissent. Elle balbutie qu'elle n'a jamais eu aussi honte. Personne n'a su que son texte était super. Elle se croyait capable de le dire en public sans papiers, mais le trac lui a fait perdre tous ses moyens.

Le contraire de moi !

Son regard mouillé tombe sur ma poitrine vide.

— Pauvre chou, à cause du vol, tu n'as pas pu être champion...

— Bof ! De tout façon, mon devoir ne valait pas une médaille. Sans toi, je suis beaucoup moins performant, Supermaman.

— C'est vrai, ça ?

Elle est si émue que je ne gâcherai pas sa joie en lui disant à quel point c'est vrai. C'est assez d'aveux pour aujourd'hui ! À mon tour, je l'enlace et je lui explique :

— Tu sais, toi et moi, on a appris une chose importante. On a appris que personne n'est parfait, parce que si, même nous deux, on ne l'est pas...

Elle rit doucement et me répond qu'on peut tout de même essayer de l'être, non ? Je la serre encore plus fort.

D'accord, maman : on continue d'essayer !

Danielle Simard

 Je l'avoue ! J'ai connu des dimanches soirs comme celui de Julien. Je regardais la télévision en famille, pensant à mes devoirs ou à mes leçons négligés. J'avais du mal à m'endormir ensuite. Je rêvais que la nuit ne finirait jamais. Que les lundis matins étaient effacés du calendrier. Qu'il suffisait de glisser mon cahier sous l'oreiller pour que les devoirs s'écrivent ou que les leçons me rentrent dans la tête, pendant mon sommeil…

Je me souviens aussi d'avoir marché vers l'école, le nez plongé dans ces mêmes cahiers, au risque de me faire écraser. Bien des années plus tard, c'est à partir de ce souvenir que j'ai imaginé cette 8e aventure de Julien.

Caroline Merola

J'étais très fière quand Danielle m'a demandé d'illustrer son nouveau *Julien*. C'est ma série préférée !

Et comme j'ai lu toutes ses aventures, je connais bien tous les personnages.

Julien a été le plus facile à dessiner, avec sa tête ronde et ses cheveux raides comme du gazon.

Le plus difficile, eh bien, ce fut Steve Malette. Il devait avoir l'air à la fois menaçant et un peu ridicule. C'était tout un défi !

Mais bon, je préfère dessiner un méchant que d'avoir à l'affronter... comme Julien !

GARANT DES FORÊTS
INTACTES

Ce livre a été imprimé sur du papier Sylva enviro
100 % recyclé, traité sans chlore, accrédité Éco-Logo et
fait à partir d'énergie biogaz.

Achevé d'imprimer
sur les presses de Marquis Imprimeur
en février 2010